JN057908

Love letter

〜kyohmo ii kumoto〜

星名 ゆう

文芸社

ラブレター

風景を切り取った美しい写真
あなたから届く文字のないラブレター
シャッターを切るその瞬間
言の葉に表せぬ愛を伝えている
素晴らしい世界を教えてくれた
あなたへ

雲上

霧の中　まだ眠る森を進む
あなたの数歩後を歩く
木の幹は太く
無造作に生い茂っている
視界は狭く
暗闇に二つのライトが揺れる

登ってゆく
あなたの背中を追って
息があがる

木の幹が細くなってきて
足を止め見上げると
霧から抜け出したのがわかる

葉と葉の間に無数の星が瞬き
月の光が二人を照らしている

呼吸を整え　また歩き出す
最後の急な登りを上がった所で
「抜けた」
そう言って振り返った
あなたの笑顔に私の心は跳ねた
これほどの歓びが他にあるだろうか

あなたが差し出した手を取ると
引き上げられ視界が開けた
白み始めた夜と朝の狭間に
広大な砂地が現れる

その向こうは雲の海

そこに島のように浮かぶ
八ヶ岳が出迎えてくれている

月明かりに見惚れながら天上を歩くと
神のように富士が顔を出し
雲の向こうからこちらを見ている

山肌を赤く染め
朝が来るよと
太陽が祝福のシャワーを降り注ぐ

生命のエネルギーが溢れる世界

回顧

子供の頃
雲の上へ行ってみたいと思っていた
いつの間にか忘れていた夢を
想い出させてくれた一枚の写真
富士山が雲の上に浮かぶ
美しい絵のよう
その絵を贈ってくれた人はかつて
山を歩く人ではなかった
ＳＮＳで繋がり
あなたが見ている世界を届けてくれる
会っていない間に
異次元の世界へ行ってしまったと
遠く感じた

それでも少し近づける
それだけでいい
そう自分に言った

けれど　同じ景色が見たい
素直になってみる
一緒にいたい
あなたの世界に受け入れて欲しい

全てを言葉にしなくても
伝わっていると感じた

綺麗な満月の夜
あなたのことが今でも好きですと言えず
月が綺麗ね
そう送った私のメッセージに
美しい満月の写真で応えてくれた
同じ月を見ているよと言うように
「逢いたい」
歯車が噛み合い二人の〝刻〟が動き始める

熱いものが込み上げ
閉じ込めていた想いが溢れる

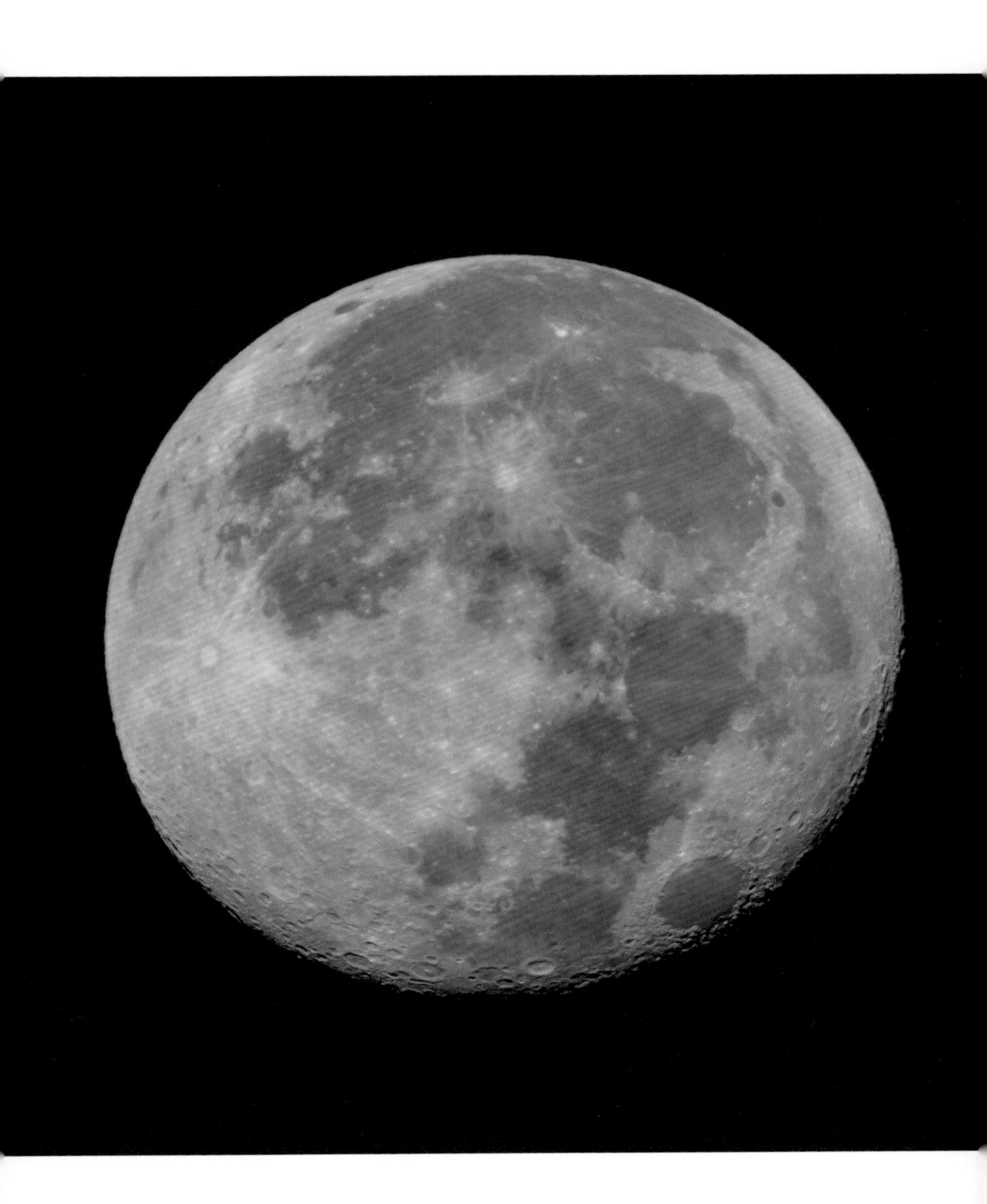

二人で過ごした時の胸の高鳴り
見つめられた時の恥ずかしさ
手を繋いで歩いた時のフワフワした心地
記憶が鮮明に蘇る

まだ未熟で気持ちの伝え方が下手で
深い愛の受け取り方も見つけられず
私達は離れてしまった

離れた後の日常には
一緒にいた頃のような色はなかったけれど
それなりに生きていた
笑顔を作ることも苦痛ではなくなっていった

そして色褪せた心のまま日々を送ることに
不満も不足も感じないほど穴が空いていた
その穴を無理に埋めようとしたところで
全て零れ落ちるだけだと悟っていた

「逢いたい」
その一言で私の心は色を取り戻した

たとえ終盤を迎えた魂だとしても
愛しいその想いは泉のように湧き出る
溢れても溢れても涸れることなく
瞳の潤いを取り戻してゆく

見つめ合う瞳は輝き
魂が響き合う

泉から湧き出る愛が　零れることはもうない

心の穴は消え
二人の間を巡り続ける

鎧

あなたの人柄を喩えるなら
鎧を纏った騎士

燃える芯を鎧の奥に秘め
泣き言を言わず弱音を吐かず
困難な時ほど沈黙を守り
何でもないことのように物事を捌き
思う通りいかぬ時も愚痴を零さず
ひたすらに己と向き合う

重く厚い鎧
その鎧を脱いだあなたを私だけが知っている

裸の心は私が衛る

9
8
7
6

魔法

宝石はいらない
あなたが私を輝かせるから

花束は欲しくない
美しい景色の中で咲き誇る花園へ
連れて行ってくれるから

あなたは魔法をかける

目に映るものを素敵な絵に
心に映るものを輝かせて

ただ一つの宝物だと言うように

天空

あなたの誕生日を祝った夜

雨上がりの高速道路に
車のライトは少なく
南アルプスへ向け順調に進んだ

高原には鳥たちの声が
賑やかに響いている
うぐいす　かっこう
すぐ近くで鳴く
その声が風に乗って広さを伝える

空にいる
天空の城のように雲に囲まれ
高い山だけが並ぶ

浅間山の噴煙のすぐ横から
陽の光が新しい朝を連れてくる

あなたが捉えたレンズに
残雪の北アルプスが迫る
立山連峰までも歩いて行けそうなほど
厚く溜まって繋いでいる

私達　空にいる

共に

「私達　ツインレイなのかな」
私の問いに迷うことなく
あなたは答えをくれた

そこにこだわる必要はない
隣にいない時もいつも一緒にいる
それだけは　忘れないで

同じ月を見てる
同じ空を見上げ

名を呼ぶ
共にあると

讃歌

県境を越え甲斐　武蔵
名だたる山々の居並ぶ様
ガーデンのその向こう

切り立った岩肌の間を滑
後から続く私に
手着き足置く位置を示し

「逢いたい」
その想いが重なった日の
あなたが迎えた場所へ

あの日　届いたラブレターには

自然の織り成す造形美を讃えるように
鉾が立てられた岩と富士だけが
朝に染まる雲の上に見えていた

同じ景色が見たいという
願いが叶った日には
鉾が命を灯すように光を放っていた

特別な地へ再び
また何度でも
四季と共に表情を変える美しさを
あの絶景を讃えよう

あなたへ

私の病がこのからだを　連れ去っても
あなたはラブレターを撮り続けて
美しいその絵を
私はあなたの内側から感じることができる

あなたの芯を燃やしているのは私だと知ったから

名を呼ぶ声が内にあると伝えている

瞳は内に繋がる窓
その窓から見る全て

あなたと共に

著者プロフィール
星名 ゆう（ほしな ゆう）
埼玉県出身

imoto_koh／写真

Love letter ～ kyohmo ii kumoto ～

2024年３月15日　初版第１刷発行

著　者　星名 ゆう
発行者　瓜谷 綱延
発行所　株式会社文芸社
〒160-0022　東京都新宿区新宿1－10－1
電話　03-5369-3060（代表）
03-5369-2299（販売）

印刷所　図書印刷株式会社

ISBN978-4-286-25217-9